穿睡衣的太陽先生

認識日與夜

〔意〕Agostino Traini 著 / 繪

張琳 譯

新雅文化事業有限公司
www.sunya.com.hk

思考點

小朋友，為保持眼睛健康，我們看書時應該注意些什麼？

太陽開始下山的時候，弗雷教授正抱着貓咪伊卡洛一起讀一本有趣的書。

「噢，什麼也看不到了！」伊卡洛嚷道。

「請等一會兒再走吧！」弗雷教授對太陽請求道。

我還想再看一會兒呢！

晚飯我已準備好了，回家去吧……

參考答案：

看書時先打開光線：眼睛和書要保持適當的距離，不要躺着看書；看人了應當站起身，休息一下，向遠處眺望，讓眼睛舒展。

太陽先生笑着回答：「教授，你錯了。我沒有動，是你們在跟着地球轉動呢！」

教授不知道有這麼一回事，他想看看太陽先生說的是不是真的。

思考點

小朋友，你知道太陽一般在什麼時候下山嗎？不知道的話，今天留意一下吧！

晚安！

看，太陽先生穿上睡衣了！

知識點

月亮的表面是光滑的嗎？

月亮的表面不是光滑的，它有很多高山和坑洞，也有一些被稱為「月海」的平坦低地，不過它們雖然叫「海」，但其實是沒有水的！

於是，弗雷教授和伊卡洛坐上熱氣球，飛到太空去看個究竟。

「啊！原來是真的！」教授說道，「太陽是靜止不動的，而地球正不斷地自轉呢！」

我是月亮，我圍着地球轉！

地球好美啊！

現在我看清楚了！

夜晚

「有光的地方就是白天，
黑暗的地方就是夜晚。」
伊卡洛一邊觀察，一邊
說道。

白天

思考點

想一想，白天的
天色是不是一定
很光亮？有例外
的情況嗎？說說
看。

參考答案：
白天一定光亮。不過，天氣不好，有
的時候烏雲密布、颳風、下大雨、天
色也會很暗，看起來像黃昏。另外，
日全蝕時，白天的天色也會突然變
暗。

月亮是不是和太陽
一樣本身會發光？

不是。月亮本身不
會發光，它的光其
實是由太陽光反射
而來的。

這時，太陽先生說出了一個一直在他心中存在的問
題：「我是一個發光體，白天永遠包圍着我。我真想知道
夜晚究竟是怎樣的？」

我很好奇啊！

「沒問題，我們現在就踏上探索發現之旅，我們會把一切都告訴你知道。」弗雷教授保證道。

空氣小姐吹起熱氣球，把它吹向地球黑暗的那一邊。

一路順風！

為什麼我們在白天看不到星星？

其實不論白天還是夜晚，星星都是存在的。我們白天看不到星星，只是因為太陽的光太猛烈，把星星的光芒掩蓋了。

弗雷教授開始告訴太陽先生夜晚是怎樣的。

「晚上比白天冷，因為沒有了你的熱力。」
教授對太陽說，這時他和伊卡洛正飛過一片草地。
「還有呢？」太陽先生問。
「晚上看不到任何顏色，天空是黑色的，上面綴滿星星。」

太神奇了！

知識點

小朋友，第9頁的圖中有顆星星帶着「尾巴」，這種星星叫什麼？

這種帶着發光「尾巴」的星星叫「流星」。當很多顆流星一起出現時，便稱為「流星雨」。

猜一猜，圖中在天空飛的那四隻黑色動物是什麼？

「我覺得黑暗的夜晚很可怕。」伊卡洛怯怯地說。

這時，他們的熱氣球正飛近一座陰森的古堡。

「那是因為我們看不見東西，所以才會憑空亂想。」教授解釋道。

很可怕呀！

這只是幻覺！

答案：蝙蝠

哇，這座城堡真漂亮呀！

看到了沒有？

你說得沒錯！

白天的光會讓同樣的事物呈現出不同的樣子，恐懼感就會消失。

思考點

黑夜和白天看到的景象很不相同。試比較第10和第11頁的圖畫，說說它們有什麼不同吧。

參考答案：
晚上四周圍都是漆黑一片，日間人們能看清楚四周圍的東西，可是黑夜時就不能看清，人們就容易產生恐懼。

貓頭鷹的眼睛有什麼特別之處?

鳥類的眼睛一般都分放在左右兩邊,只有貓頭鷹的眼睛都是向前的;而且它們不能向不同方向轉動,所以貓頭鷹要望向不同方向時,需要轉動整個頭部。

小心呀!

「夜晚還會發生什麼事?」太陽先生繼續問。

教授回答說:「晚上,雛菊會合上花瓣,貓頭鷹會睜開眼睛。」

「還可以聽到各種夜行動物的歌聲，」教授接着說，「有些動物，比如貓、刺蝟、黃鼠狼和狐狸，牠們白天黑夜都能出來活動；另一些動物，比如蝙蝠、貓頭鷹、飛蛾和螢火蟲，牠們只能在晚上出動。」

夜行動物為什麼要在晚上活動？

原因各有不同，有的是要躲避敵人的襲擊；有的是因為晚間較易覓食；也有的是因為居於沙漠地區，日間天氣太熱，只能在比較清涼的夜間活動等。

我是一隻小蚊子……

我是貓頭鷹占尼！

不論白天、夜晚，我也可以看得很清楚……

我是一隻飛蛾！

我的尾部能發光啊！

我總是在晚間獵食！

白天的城市裏除了人們，還有動物在活動呢。你能在圖中找到什麼動物？

我在做早操！

答案：
小貓、鳥、狗和兔子。

「那麼城市的夜晚又是怎樣的？」太陽先生再問道。他習慣了看到城市白天的樣子，到處都熙熙攘攘。

「到了晚上，城市就會變得空盪盪、靜悄悄，因為人們都睡覺了。」教授說。

「但我聞到了麵包香噴噴的味道。」太陽先生說。

「沒錯，」弗雷教授回答道，「麵包師傅一般都在凌晨三、四時就開始工作的。」

思考點

想一想，為什麼麵包師傅要在一般人仍在睡覺的凌晨時分製作麵包呢？說說看。

小朋友，你看到第17頁圖中有一座海邊的燈塔嗎？它的用途是什麼？

燈塔的用途是指引船隻方向。它會發出強光讓船隻在黑夜或惡劣天氣下，也能從遠處看得見，以便及時避過危險的海岸或認清航道等。

熱氣球飛過晚上的城市。

教授觀察了一會兒，繼續說：「事實上，晚上不睡覺的人還有很多。比如醫生和護士，他們夜裏都要在醫院上班⋯⋯」

我繼續做晚操⋯⋯

警察

「還有警察，以及開火車、船隻和飛機的人。你看！那裏有個學生為了準備明天的考試仍未睡覺呢。」

太陽先生聽着弗雷教授的說話，閉上眼睛，開始幻想夜晚的城市是怎樣的。

我喜歡在夜裏飛行！

思考點

想一想，還有什麼職業的人是需要晚上工作的？說說看。

參考答案：燈塔員、護士、明士、司機、運貨的貨車司機等。

知識點

如果沒有太陽，地球上的生物會怎樣？

地球上所有生物都需要太陽的光和熱來維持生命，如果沒有太陽，生物便不能生存。

晚上的時間總是過得很快。看！小公雞阿爾托正高聲啼叫，告訴所有人新的一天就要開始了。

太陽先生又探出了頭，他的光照亮了一切。

「謝謝你的解說，我終於認識夜晚了。」太陽先生感謝教授說。

喔喔喔！

所有人都餓了，他們的早餐是剛出爐的麵包和餅乾。

麵包師傅保羅馬上要去睡覺了，因為整整一個晚上，他都在忙碌地工作。

吃早餐有什麼好處？

不少研究指出吃早餐有助大腦發育，人會較容易集中精神，比較不易疲累和記憶力會較好。所以有數據顯示，吃早餐的學生比不吃早餐的學生成績好呢！

我很累，但很滿足……

太好吃了！

味道真好！

填飽了肚子，弗雷教授和伊卡洛又開始看書了。小公雞阿爾托也想聽聽他們在讀什麼。

「我們今天能把這本書讀完嗎？」阿爾托問道。

我也想看！

快，繼續讀！

我們昨天讀到第12頁……

太陽先生聽到了阿爾托的話，回答說：「今天你們可以讀很久，因為今天是一年中白天最長的一天。」

「每天的白天不是一樣長的嗎？」弗雷教授吃驚地問。

我早就知道了……

我們趕緊證實一下吧！

重大消息！

這個教授什麼都不懂！

在香港，夏季的白天比較長，還是冬季？

夏季。一般而言，香港的夏季是日長夜短，冬季則日短夜長。而每年的冬至，都是白天最短，夜晚最長的一天。

太陽、月亮和星星都在什麼地方?

它們和其他所有天上的星體都在太空中,地球也不例外。

於是,所有人再次飛上天去一探究竟。

地球說:「因為路途非常遙遠,我圍着太陽轉需

秋分過後,北極開始了6個月的「極夜」……

你們真是太奇妙了!

北極一直是黑夜……

要一年的時間。我喜歡側着身子轉圈圈，就像陀螺一樣，所以有時候我得到的光多些，有時候就少些。」

北極一直是白天！

太陽樂在其中！

春分過後，北極開始了6個月的「極晝」！

是不是只有北極才會出現「極晝」和「極夜」？

不是。南極也會出現這兩個現象，不過時間上剛好與北極相反，當北極是「極夜」時，南極便是「極晝」，相反亦一樣。

現在總算弄明白了，弗雷教授知道了白天和黑夜是怎麼替換的。

他終於可以坐下來讀他的書了，大家都聽得很高興！

故事真好聽！

可以再讀一次嗎？

太好了！

我喜歡這本書！

我們選另一本書再讀吧……

科學小實驗

現在就來和太陽先生一起玩遊戲吧！

你會學到許多新奇、有趣的東西，
它們就發生在你的身邊。

手影遊戲

你需要：

難度：

1盞枱燈

用來投射影子的白色牆壁

你的雙手

做法：

在一個黑暗的房間裏打開枱燈，讓它照亮一面白色的牆壁。站到枱燈和牆壁之間：你的影子就會投射在牆壁上。

用你的手做出各種特別的造型,影子投射在牆壁上,看起來就像不同的小動物呢。

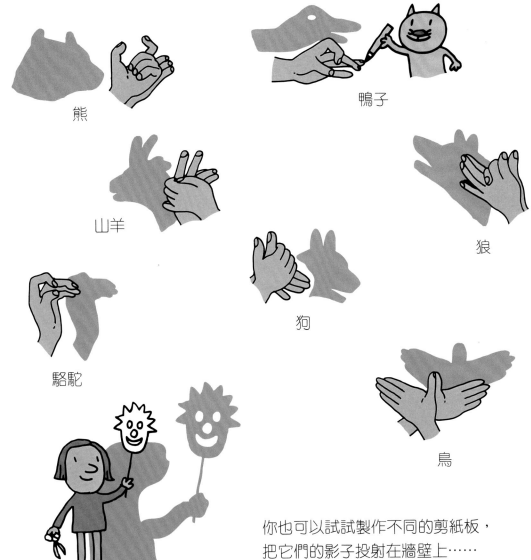

熊

鴨子

山羊

狼

狗

駱駝

鳥

你也可以試試製作不同的剪紙板,
把它們的影子投射在牆壁上……

太陽先生幾多點?

你需要:

 太陽

棍子

 扁平的石頭

 顏色筆

 手錶

難度:

做法:

選一個風和日麗的日子,到家
附近的草地或公園去。找一根
筆直的小棍子,把它插入泥土
裏。

你會看見地面上棍子的投影，有時短有時長，根據太陽的位置而變化。隨着時間一點點過去，影子會慢慢移動。

現在，在扁平的石頭上畫上提醒自己要做的事：早餐後刷牙、你最喜歡的電視節目的播映時間……

根據手錶上的確切時間，再看看影子落在哪裏，然後在相應的時間擺上石頭。

這樣，你就有一個日晷了，它是古人發明用來計算時間的太陽鐘。
那個時候，還沒有我們現代人用的手錶呢。

好奇水先生
穿睡衣的太陽先生

作者：〔意〕Agostino Traini
繪圖：〔意〕Agostino Traini
譯者：張琳
責任編輯：劉慧燕
美術設計：張玉聖
出版：新雅文化事業有限公司
香港英皇道499號北角工業大廈18樓
電話：（852）2138 7998
傳真：（852）2597 4003
網址：http://www.sunya.com.hk
電郵：marketing@sunya.com.hk
發行：香港聯合書刊物流有限公司
香港荃灣德士古道220-248號荃灣工業中心16樓
電話：（852）2150 2100　傳真：（852）2407 3062
電郵：info@suplogistics.com.hk
印刷：中華商務彩色印刷有限公司
香港新界大埔汀麗路36號
版次：二〇一三年十月初版
二〇二一年四月第五次印刷
版權所有·不准翻印

ISBN: 978-962-08-5933-5
©2012 Edizioni Piemme S.p.A., via Corso Como, 15 - 20154 Milano - Italia
International Rights © Atlantyca S.p.A. - via Leopardi 8, 20123 Milano,
Italia - foreignrights@atlantyca.it - www.atlantyca.com
Original Title: Il Sole Si Mette Il Pigiama
©2013 for this work in Traditional Chinese language, Sun Ya Publications (HK) Ltd.
18/F, North Point Industrial Building, 499 King's Road, Hong Kong
Published in Hong Kong, China
Printed in China

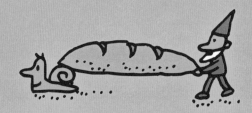